Seltsames, mit Blut

Claudio Scoreggia

Claudio Scoreggia

Seltsames, mit Blut

Kurzgeschichten

Impressum

Bibliografische Information der Deutschen Nationalbibliothek:
Die Deutsche Nationalbibliothek verzeichnet diese Publikation in der Deutschen Nationalbibliografie; detaillierte bibliografische Daten sind im Internet über http://dnb.dnb.de abrufbar.

© 2021 Claudio Scoreggia

Grafik: Maximiliane Reinagl

Herstellung und Verlag: BoD – Books on Demand, Norderstedt

ISBN: 978-3-7543-1587-3

ANNAS NACHT

Anna erwachte und sah auf den Wecker. 18 Uhr, die beste Zeit um aufzustehen. Seit Anna ihren Job als Verkäuferin in der Fleischabteilung des örtlichen Supermarktes verloren hatte war auch ihr Tagesablauf ein anderer. Tagsüber schlief sie, nachts genoss sie das Leben in den Clubs und Bars, immer bereit sich einem Schwärmer der Nacht hinzugeben- oder auch einer Schwärmerin. Anna war da nicht heikel.

Sie wuchtete sich aus dem Bett und sah sich kurz in ihrer kleinen Wohnung um die aus einem Zimmer mit Kochnische und der Dusche mit WC bestand. Mehr brauchte sie nicht und hatte sie nie gebraucht, außer früher einmal als sie noch mit Mike verheiratet war. Damals lebten sie in dem von Mikes Eltern geerbten Haus am Stadtrand, fast im Grünen und mit reichlich Platz für eine große Familie. Zu Familienzuwachs kam es nicht nachdem sich nach Jahren des Versuchens herausgestellt hat dass Anna unfruchtbar ist. Mike konnte das nicht verkraften und zeugte mit der Nachbarin ein Kind, was sowohl Anna als auch dem Mann der Nachbarin missfiel- das war das Ende zweier Ehen und das Ende von Annas sorglosem Leben.

Während der Zeit mit Mike musste sie nicht arbeiten, denn Mike war ein erfolgreicher Werbefuzzi der rasch die Karriereleiter erklommen und sich ein ansehnliches Jahresgehalt gesichert hatte. Nach der Scheidung war der Spaß vorbei und das Haus wurde gegen die Kleinwohnung getauscht, die unbegrenzte Freizeit mit Shopping und Wellness gegen den Job im Supermarkt. Die Umstellung war hart, doch Anna kam damit schneller zurecht als sie dachte. Schon nach wenigen Monaten hatte sie sich ihr neues Leben organisiert und blühte richtiggehend auf. Zwar musste sie sich ihre Haare nun selbst färben und hatte auch ein paar Kilo zugelegt, doch das störte sie nicht. Vielmehr versuchte sie sich selbst zu beweisen dass sie immer noch, mit über dreißig und einigen Kilo zuviel auf den Rippen eine begehrenswerte Frau war. Der Versuch gelang immer besser und die Liste von Männern die eine oder auch mehrere Nächte mit ihr verbringen durften wurde immer länger.

Zwei Schritte vom Bett zum Tisch, zwei weitere Schritte um den Pizzakarton vom Tisch in den Abfalleimer zu verfrachten. Drei Schritte ins Bad, pissen, duschen und Make Up auflegen. Parfum musste natürlich auch sein, nicht zu aufdringlich, leicht süßlich, intensiv. Zurück ins Zimmer, die rote Unterwäsche und Jeans samt T-Shirt anziehen. Kurze Kontrolle im Spiegel, ja, der Ausschnitt zeigte genug von dem was Anna vorweisen konnte, die Jeans kaschierten genug von dem was man nicht gleich sehen sollte.

Ab auf die Piste. Die erste Station war Annas Lieblingsbar, klein, gemütlich und mit Peter hinter der Theke. Peter, der schon mehrere Male Anna nach Hause begleiten durfte. Manchmal weil sie geil aber erfolglos war, manchmal weil sie stockbetrunken war. In beiden Fällen durfte Peter im wörtlichen Sinne seinen Mann stehen und nach dem Frühstückskaffee wieder verschwinden.

Anna bestellte einen Vodka und ein Glas Wasser, stürzte den Vodka hinunter und spülte mit dem Wasser nach. Seit ihrem Leben als Nachtvogel griff sie gerne zu härteren Getränken um sich in Schwung zu bringen. Schuld daran war der stellvertretende Marktleiter des Supermarktes in dem sie gearbeitet hatte. Nach ihrer Schicht bat er sie meist in sein Büro, bot ihr Hochprozentiges an und Anna nahm gerne an, den Hochprozentigen und die Einladung zu einem Quickie am Schreibtisch. Eines Tages wurden Sie vom Marktleiter überrascht der sein Telefon vergessen hatte. Anna war den Job los und der stellvertretende Marktleiter war am nächsten Tag zum Ware einschlichten abkommandiert bevor er nach einigen Wochen selbst kündigte.

Nach dem zweiten Vodka ließ Anna ihre Blicke im Lokal herumschweifen, aber sie konnte keine lohnende Jagdbeute entdecken. Sie bezahlte und verließ die Bar nach einem Augenzwinkern für Peter. Nächste Station war ein Club gleich in der

Nachbarschaft. Hier trafen sich meist Singles der Mittelschicht, nicht reich aber auch nicht gerade arm. Die Preise waren gesalzen, aber Anna investierte gerne in ein Getränk, der erste Kavalier ließ meist nicht lange auf sich warten. So auch heute. Schon nach wenigen Minuten steuerte ein gut aussehender Anfangsvierziger auf Anna zu und lud sie auf einen Drink ein. Horst hieß er, angeblich Banker und Single. Welchen Job ein Mann hatte oder ob er verheiratet war spielte für Anna keine Rolle- Hauptsache spendabel und willig war er.

Anna stellte sich wie so oft als Künstlerin vor und begann ungehemmt zu flirten, ihre Bemühungen fielen schnell auf fruchtbaren Boden und Horst schlug vor doch ein ruhigeres Lokal aufzusuchen um sich besser unterhalten zu können. Gesagt getan, Lokalwechsel und ein Gespräch dass sich schön langsam in die richtige Richtung entwickelte bevor es abrupt unterbrochen wurde.

"Hallo Anna" ertönte plötzlich eine Stimme hinter ihr, eine Stimme die sie nur zu gut kannte. Sie fuhr herum und Überraschung lag in ihrem Gesicht.

"Hallo Mike" sagte sie, was führt dich denn hierher?" Mike nahm ungefragt Platz, nickte Horst zu und begann sofort seine Geschichte zu erzählen. Jobverlust wegen Streits mit einem der Hauptkunden, Jobsuche und endlich Erfolg bei einem Job mit doppelt so viel Arbeit und halbem Gehalt. Scheidung von der dereinst geheirateten Nachbarin, allerdings erst nach Geburt des zweiten Kindes, hohe Alimentationsforderungen, Haus verkauft, Umzug in eine kleine Wohnung. Anna konnte sich eine gewisse Schadensfreude nicht verkneifen und zog Mike ein wenig auf. Mike wiederum spielte seine ganze Misere lachend herunter und konzentrierte sich mehr auch Annas Ausschnitt. Horst bemerkte schnell dass der Abend nicht so enden würde wie er es sich erwartet hatte und verzog sich.

Offensichtlich hatten die veränderten Lebensumstände auch bei Mike die Lust auf Alkohol geweckt, denn anders als Anna ihn kannte hatte er sich einen Hochprozentigen und ein Bier dazu bestellt. Er sah auch nicht mehr so strahlend aus wie früher und wirkte insgesamt etwas ungepflegter, war nicht mehr der Mann mit den manikürten Fingernägeln und den

Designerhemden, sondern ein Typ wie hundert andere, in Jeans und T-Shirt und mit dem dringenden Bedarf einer Rasur. Anna war nicht nur schadenfroh, irgendwie gefiel ihr der neue Mike. Einige Drinks später kam es wie es kommen musste.

Annas Frage ob Mike mit ihr mit nach Hause kommen wolle beantwortete dieser mit einem leisen Ja und einem tiefen Blick in ihre Augen. Am Weg zu ihrer kleinen Wohnung legte Mike den Arm um sie und Anna genoss diese vertraute Berührung. Beide schwankten ein wenig, schafften es aber doch bis zum Appartementhaus in dem Anna wohnte. Im Aufzug nach oben küsste Mike sie während einer Umarmung und Anna spürte eine Unruhe die ihr nicht unbekannt war, die Vorfreude auf eine stürmische Nacht. Auf der Couch sitzend vernichteten die Beiden noch Annas letzte Alkoholvorräte, wobei Mikes Küsse und sein Drängen immer heftiger wurde. Seine Hände fingen an Annas Körper zu erforschen, seine Erregung wuchs. Schließlich stand Anna unsicher auf und ging ins Bad um zu duschen. In ein Handtuch gewickelt kam sie zurück und forderte Mike auf auch noch schnell ins Bad zu gehen und sich frisch zu machen. Mike verschwand im Bad und Anna ließ das Badetuch auf den Boden und sich selbst ins Bett fallen.

Alles drehte sich rund um sie, sie schloss die Augen und hörte auf das Rauschen des Wassers, das Plätschern der Dusche. Bilder tauchten in ihrem Kopf auf. Sie und Mike bei der Hochzeit, sie und Mike im Liebesrausch damals im Urlaub am Strand, Mike beim Rasen mähen wie er mit blitzenden Augen die Nachbarin auf der anderen Seite des Zaunes grüßte. Mike und die Nachbarin engumschlungen im Bett, eine Szene die sie nie gesehen hatte aber sich immer wieder vorgestellt hatte, schließlich Mike nach der Scheidungsverhandlung, wie er lachend in sein Auto stieg in dem die Nachbarin wartete. Anna bemerkte dass sie bebte, aber nicht vor Erwartung, nein, sie bebte vor Zorn. Die Strafe die Mike bekommen hatte indem er seine Existenz mehr oder weniger verloren hatte erschien ihr zu wenig. Er hatte eine andere Strafe verdient.

Mike kam nackt aus dem Bad, blieb kurz stehen und betrachtete Anna die mit geschlossenen

Augen nackt am Bett lag. Der Anblick erregte ihn trotz des vielen Alkohols und als ob Anna das gespürt hatte öffnete sie die Augen. Mike am näher und legte sich zu ihr. Er spürte wie ihr Körper zu zittern begann, schlang seine Arme um sie und küsste sie.

Den ersten Stich spürte er kaum, Anna hatte die Schere, die aus unerfindlichen Gründen neben dem Bett gelegen hatte, ergriffen und schlug den kalten Stahl in Mikes Rücken. Nach dem zweiten Stich schrie Mike auf und rollte sich zur Seite. Anna war nicht zu bremsen. Die in den Jahren aufgestaute Wut entlud sich in hasserfüllten Stichen in Mikes Oberkörper, in seine Beine und in sein Gesicht. Er gab schon länger keine Laut mehr von sich, doch Anna konnte nicht aufhören. Bett, Wände, Boden und Anna waren voll von Blutspritzern, doch ihre Wut verrauchte nur langsam. Schließlich schleuderte sie die Schere weg, stand auf und ging unter die Dusche.

Ein seeliges Lächeln umspielte ihre Lippen. Endlich Gerechtigkeit, endlich Genugtuung für ihr verpfuschtes Leben. Mike hatte es nicht anders verdient, denn er hatte sie, die lebenslustige, treue und fröhliche Frau zu einem versoffenen Flittchen gemacht.

Anna erwachte und spürte sofort das Wummern in ihrem Kopf. „Wieder mal zuviel getrunken" dachte sie noch, da durchzuckte sie ein unbändiger Schreck. Was war da letzte Nacht? Verschwommene Bilder tauchten auf. Mike, ein anderer Mann, wieder Mike, Alkohol, viel Alkohol- und Blut!

„Oh Scheiße" murmelte sie und zwang sich langsam die Augen zu öffnen. In der Erwartung gleich Mikes blutigen Leichnam zu sehen drehte sie den Kopf zur Seite. Und erschrak. Neben ihr, nackt und kaum zugedeckt lag der blasse, fette Körper eines anderen Mannes. „Oh Scheiße" murmelte sie, erleichtert und erschrocken zugleich. Nicht der tote Mike lag neben ihr, sondern ein Fremder. Naja, nicht ganz. Langsam dämmerte es Anna dass sie den Typen letzte Nacht kennengelernt hatte. Offensichtlich hat sie ihn mit nach Hause genommen- aber was war mit Mike? „Wohl nur ein Traum" dachte sie erleichtert und stand auf. Im Bad übergab sie sich, spritzte sich Wasser ins Gesicht und überlegte wie sie den Fettsack elegant loswerden könnte, denn er war nicht gerade das was sie sich unter einem Traummann vorstellte- eigentlich ekelte sie sich vor ihm. Zwei Drinks weniger und sie hätte ihn sicher nicht mitgenommen. Gefickt hatte sie nicht mit ihm, das würde sie beim duschen bemerkt haben. Gut so.

„Aaaah, mein Schatz ist wach" hörte sie hinter sich und spürte im selben Moment wabbelige, feuchte Hände an ihrem Bauch die langsam höher wanderten. „Dann können wir ja jetzt machen wozu wir gestern nicht mehr in der Lage waren. Scheiß Alkohol!" sagte er und drehte sie gewaltsam um, so dass sie nicht nur seinen alkoholgeschwängerten Atem riechen konnte, sondern auch sein sich langsam aufrichtendes Glied an ihrem Bauch spüren konnte. Das war zuviel als sie im Moment vertragen konnte.

Annas Gegenwehr war einfach, aber effizient. Sie griff dem Typen zwischen die Beine und drückte zu. Mit einem Schrei ging er in die Knie was Anna dazu nutzte ihm zuerst ihr Knie ins Gesicht zu rammen und anschließend den Fön über den Schädel zu schlagen. „Drecksfotze!" brüllte der Typ und raffte sich auf. Blut rann ihm über das Gesicht, seine Nase stand ein wenig schief und seine Erektion schrumpfte, doch das bemerkte Anna nicht, denn sie war schon am Weg zur Küchenecke.

Horst riss sie an den Haaren zurück, Anna schrie auf, drehte sich halb zu ihm um und stach zu. Gut, dass sie nicht so sehr auf Ordnung achtete und daher ein scharfes Küchenmesser in Griffweite lag. Der erste Stich ging glatt durch das Bauchfett, der zweite streifte nur den Oberarm, der dritte ging zwischen Hals und Schlüsselbein durch und zerfetzte die Halsschlagader. Blut spritzte heraus und besudelte Wände, den Boden und auch Anna. Wortlos sackte Horst in sich zusammen und sterbend urinierte er noch auf Annas Boden. Blut und Urin ignorierend ging Anna ins Badezimmer und machte sich frisch. Sie zog sich an, stieg über den Leichnam und ging in die nächste Bar.

Nur wenige Drinks später begann sie dem Barkeeper die ganze Geschichte zu erzählen.

Anfangs belächelte er Anna, dachte bei sich „Schade dass die Alte so säuft, die wär schon eine Sünde wert", doch als Anna zum wiederholten Male die Ereignisse schilderte kam ihm die Sache nicht koscher vor und er rief die Polizei.

Mike stand mit den beiden Polizisten vor der verspiegelten Scheibe des Verhörraumes. Seine Telefonnummer war die einzige Information die sie aus Anna herausbekommen hatten, nachdem sie in die Bar kamen und die ganze Geschichte erzählt bekamen. Kollegen die in die Wohnung eindrangen bestätigten Annas Angaben über Funk. Sie wurde sofort festgenommen.

Die Polizisten beobachteten Anna schweigend, während Mike froh war gestern nicht mit Anna mitgegangen zu sein. Mit Anna, mit der er einmal verheiratet war. Mit Anna, die auf ihrem Stuhl hin und her wippte und ständig vor sich hinmurmelte „Mike ist schuld. Mike ist schuld"

UNTERWEGS

Kurt war unterwegs. Geplant hatte er es schon lange, doch die ganze Coronascheiße ließ ihn seinen Plan endlich in die Tat umsetzen. Weg, einfach weg, das ganze alte Leben zurücklassen und endlich so leben wie er es schon seit Jahren wollte. Weg von Karla, seiner Frau, mit der er jetzt schon fast dreißig Jahre verheiratet war, vier oder fünf davon glücklich. Weg von seinem Job, in dem er schon lange nicht mehr die volle Leistung bringen konnte und daher stets mit Kündigung rechnete, weg aus dem Scheißkaff in dem jeder jeden kennt und der harmloseste Flirt mit einer Frau zum Dorfgespräch wird. Dass Karla und er nie Kinder bekommen hatten machte die Situation nicht besser.

In der Tasche neben ihm auf dem Beifahrersitz war das Ticket in die Freiheit. 50.000 Euro die Kurt vor Jahren überraschend von einem entfernten Verwandten geerbt hatte und von deren Existenz Karla nie erfahren hat. Auf in den Süden lautete nun seine Devise, irgendwo in Kroatien wollte er sich niederlassen, einen Job als Kellner oder in einem der vielen Häfen würde er schon ergattern. Die Sprache beherrschte er auf Grund vieler Urlaube und einiger Kurse an der Volkshochschule, fünf oder sechs Jahre so über die Runden kommen, dann könnte er mit der Rente aus der Heimat gut leben. Karla wollte er nie wiedersehen. Ihm ekelte vor ihr, er hasste jede Zelle ihres Körpers und am meisten hasste er es wenn sie den Mund öffnete und mit ihm sprach. Das alles sollte nun vorbei sein. Zügig, aber nicht zu schnell fuhr er Richtung Süden, seinem Traum entgegen.

Karla würde spätestens beim Frühstück erfahren was los ist. Das Kuvert mit seinem Abschiedsbrief hatte Kurt an die Kaffeemaschine gelehnt bevor er sich kurz nach Mitternacht aus dem Haus schlich und in sein neues Leben aufbrach.

Diana war unterwegs. Schon lange hatte sie Davon geträumt ihr frustrierendes Leben hinter sich zu lassen. Ihr Leben an der Seite eines Kleinkriminellen, eines Säufers und Spielers, den sie schon als Teenager auf Geheiß ihrer Eltern heiraten musste. Was dann folgte waren qualvolle 10 Jahre in denen Diana geschlagen wurde, in denen sie in ständiger Angst lebte von ihrem Mann umgebracht zu werden wenn sie sich weigerte für ihn auf den Strich zu gehen. 10 Jahre, 4 Abtreibungen, denn ein Kind hätte die Haupteinnahmequelle von Miro versiegen lassen, 10 Jahre Angst und Schmerzen.

Jetzt sollte alles anders werden. Diana war auf dem Weg in ihr neues Leben. Irgendwo in Österreich, Deutschland oder in der Schweiz würde sie schon einen Job finden von dem sie halbwegs leben könnte, schlechter als bisher würde es nicht sein, egal was da komme.

Miro würde toben wenn er nach Hause kommt und merkt dass sie samt dem Wagen weg ist. Er würde sie überall suchen und suchen lassen, sie im Geiste schon verprügeln. Diana hatte vorgesorgt. Niemand wusste was sie plante, nicht ihre Mutter, nicht ihre Geschwister, nicht ihre besten Freundinnen. In den letzten Jahren war es ihr immer gelungen Geld auf die Seite zu schaffen, meistens wenn Miro wieder mal im Glücksspiel gewonnen hatte und stockbetrunken nach Hause kam, das Bündel Scheine auf den Tisch warf und nach einem kräftigen Schluck aus der Schnapsflasche sein Recht als Ehemann von Diana einforderte. War er dann eingeschlafen schlich sie sich in das Wohnzimmer und nahm einige Scheine an sich, Miro bemerkte dank des Alkohols nie dass etwas fehlte.

So konnte Diana nun mit etwas mehr als dreitausend Euro in ihr neues Leben aufbrechen, das Geld würde schon einige Zeit reichen, denn ihre Ansprüche waren gering.

Kurt war unterwegs. Er kam gut voran, langsam wurde es auch hell, das sollte die aufkommende Müdigkeit vertreiben. Pause wollte er keine machen, wichtiger war es möglichst viele Kilometer zwischen ihn und Klara zu bringen. Während er so fuhr träumte er sein neues Leben. Eine kleine Wohnung in Meeresnähe, ein Hilfsjob in einem der vielen Häfen oder als Hausarbeiter in einem Hotel, verdienen musste er ja nicht viel. Da er mit Mitte fünfzig noch ganz passabel in Schuss war bestand ja auch die Aussicht auf nette weibliche Gesellschaft. Kroatische Frauen haben ihm schon immer gut gefallen, aber im Urlaub klebte ja Klara wie eine Klette an ihm, nicht aus Zuneigung sondern weil sie kein Wort dieser für sie seltsamen Sprache verstand und daher auf ihn angewiesen war wenn es um die Dinge des täglichen Lebens ging. Das alles hatte jetzt ein Ende.

Der Baum war plötzlich da, wie aus dem Nichts.

Diana war unterwegs. Die Nacht wich langsam dem Morgengrauen und sie fühlte sich gut, so gut wie noch nie in ihrem Leben. Raus aus dem Dorf ohne Straßen, weg von den Schlägen, weg von den schwitzenden, keuchenden Touristen die sie auf Miros Befehl befriedigen musste. Ein Lächeln umspielte Ihre Lippen, doch das gefror als sie das halb um den Baum gewickelte Autowrack sah, in dem offensichtlich noch der Fahrer saß. Sie überlegte kurz, fuhr rechts ran, parkte den Wagen und lief über die Straße zum Wrack. Auf den ersten Blick konnte sie erkennen dass dem Fahrer nicht mehr zu helfen war. Nur allzu oft hatte sie in ihrer Heimat gesehen wie sich junge, adrenalingepushte Jugendliche mit ihren Autos Rennen lieferten die manchmal tödich endeten. Was sie im Fußraum des Beifahrersitzes sah ließ sie wieder lächeln, denn auch das kannte sie.

Diana war wieder unterwegs. Die Tasche mit dem Geld lag nun auf ihrem Beifahrersitz.

Karla war unterwegs. 2 Wochen waren seit dem Anruf der Polizei vergangen, Kurt war beerdigt, das Haus verkauft und Karla saß in einem Flugzeug auf dem Weg in die Dominikanische Republik. Eine ihrer ältesten Freundinnen betrieb dort ein kleines Hotel, dort konnte sie fürs Erste wohnen bis sie selbst eine Bleibe gefunden hatte. Mit ein wenig Sport und gesunder Ernährung könnte sie bald wieder eine passable Erscheinung abgeben und musste keine Angst vor Einsamkeit haben. Eigentlich, so dachte sie, hat ihr Kurt einen Gefallen getan.

Der Raubmord an einer Touristin in Puerto Plata war den Zeitungen zwei Wochen später nur ein kurze Erwähnung wert.

Miro war unterwegs. Zu sehr war sein Audi ihm ans Herz gewachsen, die kleine Investition in einen GPS-Sender hatte sich nun bezahlt gemacht und sein bester Freund Dejan war ihm noch einen Gefallen schuldig und machte den Chauffeur. Lange musste Miro vor der kleinen Pension nicht warten, da kam Diana schon um die Ecke. Sie erstarrte als sie ihn sah und war binnen Sekunden Gefangene im Kofferraum jenes Autos, das sie ihrem Traum näher bringen solte. Die Fahrt war kurz, schon nach wenigen Minuten öffnete sich die Klappe des Kofferraums. Miro bedeutete ihr mit einer schroffen Handbewegung rauszuklettern, fasste sie grob am Arm und zerrte sie Richtung Brückengeländer.

Die Zeitungen schrieben vom Selbstmord einer Geheimprostituierten unbekannten Namens.

Die Besitzerin der Pension war unterwegs. Da es keine Reservierungen für die nächsten Wochen gab hatte sie kurzerhand vorübergehend geschlossen. Das Geld im Zimmer dieser seltsamen jungen Frau die niemand vermisste verhalf ihr zum ersten Urlaub seit Jahren.

DER TAG DES GEORG VOLLTNER

Georg Volltner erwachte vom penetranten Weckton seines Handys. Seufzend drehte er sich zur Seite und schaltete den Störenfried ab. Er ließ sich zurück auf den Rücken fallen und atmete tief durch. Den Blick zur anderen Seite ersparte er sich, er wußte was er dort sehen würde:

Frieda. Seit 35 Jahren mit ihm verheiratet. Einst ein charmanter Augenschmaus, mittlerweile ein Schatten ihrer selbst. Schon der Gedanke auch noch die restlichen Jahre mit ihr zu verbringen ließ ihn erschaudern. Sex war sowieso kein Thema mehr, aber alleine ihre Anwesenheit machte ihn schon aggressiv. Seufzend erhob er sich und ging ins Bad. Während er unter der Dusche stand urinierte er wie gewohnt, der Besuch beim

Urologen war überfällig wie ihm die Schmerzen die er dabei verspürte mitteilten.

Zurück im Schlafzimmer sah er, dass auch die andere Hälfte des Bettes leer war. Er zog sich an und nahm zwischendurch einen Schluck aus der Wodkaflasche die er ganz hinten im Kleiderschrank stehen hatte- sein übliches Morgenritual. Fertig angekleidet ging er über den Flur zur geräumigen Wohnküche wo sich ihm der gewohnte Anblick bot. Über der Rückenlehne der schweren Ledercouch war Friedas ergrautes Haar zu sehen, der Duft des unsäglichen Instantkaffees erfüllte den Raum, untermalt vom Geschwafel des Sprecherduos im Frühstücksfernsehen.

Er nahm einen Schluck aus der für ihn vorbereitenden Tasse, der Kaffee war mittlerweile lauwarm und noch weniger trinkbar. Frieda wehrte sich aus Umweltschutzgründen gegen die Anschaffung einer dieser praktischen Kapselmaschinen, die wenigstens echten und trinkbaren Kaffee ausspeien.

Georg Volltner freute sich nun erst recht auf den ersten Kaffee im Büro und eilte zur Wohnungstüre. Ein gemurmeltes „Bis später" verließ noch seine Lippen, Antwort erwartete er aus Gewohnheit keine, und schon ging er die Treppen hinab während hinter ihm die Wohnungstüre ins Schloss fiel.

Schnell die Straße queren, auf die Straßenbahn warten und sich in den überfüllten Wagen drängen- das nächste Ritual. Georg Volltner ergatterte einen Stehplatz ganz hinten und seufzte tief durch. Das olfaktorische Erlebnis in diesem überfüllten Straßenbahnwaggon ließ eindeutige Rückschlüsse auf das Hygienebewusstsein der Mitfahrenden zu. Da gab es nur eine Rettung. In seiner Umhängetasche, im vordersten Fach, da war seit Jahren seine Rettung verstaut. Eine kleine, undurchsichtige Flasche die dereinst mit einem verdauungsfördernden Joghurtdrink gefüllt war, mittlerweile aber Wodka enthielt, so wie sein Frühstücksfläschchen im Kleiderschrank. Ein kleiner Schluck machte den Gestank rund um ihn erträglich. Hitze und Wodka, die täglichen morgendlichen Frustanblicke und das Wissen in wenigen Minuten am verhassten

Arbeitsplatz einzutreffen erzeugten eine unangenehme Unruhe bei Georg Volltner.

Die Ausstiegstelle kam näher und er drängte sich vorbei an den schwitzenden, übel riechenden Körpern Richtung Ausstieg. Noch fünfzig Meter, hinein in das in die Jahre gekommene Bürogebäude, in die Jahre gekommen wie Frieda und wie auch er selbst.

Mit einem gemurmelten Gruß eilte Georg Volltner am Pförtner vorbei, eilte dem Aufzug zu und fuhr in den dritten Stock, glücklich darüber alleine in der Engen Kabine zu sein. Das langsame Hochfahren gab ihm die Zeit schnell eine Minzpastille im Mund zergehen zu lassen- man weiß ja nie. Raus aus der engen, muffigen Kabine, mit schnellen Schritten eilte er seinem Büro zu. Nicht weil er sich mit Elan in die Arbeit stürzen wollte, sondern um zu vermeiden jemanden am Flur zu treffen und ein Gespräch führen zu müssen.

Leise schloss Georg Volltner die Bürotüre von innen, lehnte sich mit dem Rücken dagegen, legte den Kopf zurück und atmete mit geschlossenen Augen tief durch. Er ging hinter seinen Schreibtisch, legte die Tasche auf den Tisch und ließ sich in den Sessel fallen. Sein Blick fiel auf den Kalender an der Wand. August. Bald muss er den Jahresurlaub mit Frieda antreten, auf ihren Wunsch hin wie jedes Jahr im September. Das hatte sich eingebürgert seit die Kinder aus dem Haus waren. Urlaub im September, wenn die Strände leer sind und die Temperaturen erträglich. Friedas Idee, eine sinnlose Idee. An den Strand ging sie ungern und auch bei 25 Grad war ihr zu heiß, daher saß oder lag sie meistens im Hotelzimmer herum und nörgelte über das Essen, das in fremder Sprache gesendete Fernsehprogramm und das Hotel als solches. Trotzdem bestand sie drauf jedes Jahr zur selben Zeit ins selbe Hotel am selben Strand zu fahren. Georg Volltner hasste sie dafür, schwieg aber.

Mit einem tiefen Seufzer griff er in seine Hosentasche und holte den Schlüssel zu seinem Schreibtisch heraus. In der dritten Lade von oben fand er was er suchte. Einen tiefen Schluck später ging es ihm besser. Er startete seinen Computer und las die eingelangten Mails. Immer der selbe

Müll wie er feststellte, das rief nach einem zweiten Schluck. Er lehnte sich zurück und sah auf die langsam verschwimmende Schrift am Bildschirm. Wie er diesen Job hasste.

Vor einigen Jahren war er nach einer so genannten Beförderung aus dem direkten Geschäft mit dem Kunden auf eine Stelle gesetzt worden auf der seine einzige Aufgabe darin bestand wöchentlich Statistiken, Diagramme und Präsentationen zu erstellen die den Erfolg der Firma dokumentieren sollen. Der Gründe für diesen zweifelhaften Aufstieg waren seine sinkenden Verkaufszahlen und ein Verhältnis mit der zuständigen Abteilungsleiterin die nebenbei auch ein Verhältnis mit dem Firmenchef unterhielt, so hatte ihr Wort Gewicht und Georg Volltner war wenigstens nicht arbeitslos. Die Liaison war schnell wieder beendet, der Job blieb ihm.Finanziell war es ein Abstieg da die Provisionen wegfielen aber er war wenigstens nicht arbeitslos, was mit fast 60 Jahren wohl problematisch wäre.

So saß er da, dachte an den bevorstehenden Horrorurlaub, an Frieda und an die Flasche in der Schreibtischschublade. Sie war sein bester Freund. Er dachte an seine Kinder, Georg jun., dreißig Jahre alt und mittlerweile erfolgreicher Anwalt, verheiratet und 400 Kilometer entfernt. Er dachte an seine Tochter Erika, Mitte zwanzig und noch weiter entfernt, da sie sich im letzten gemeinsamen Urlaub in einen italienischen Eisverkäufer verliebt hatte und zwei Monate nach diesem verhängnisvollen Urlaub zu ihm zog, ihn heiratete und nun samt ihm und den zwei Kindern in Palermo hinter der Theke des gemeinsamen Cafes stand. Seine Enkel hatte Georg erst zwei mal gesehen, das Geld welches sich Giovanni für die Eröffnung des Cafes von ihm borgte nie mehr wieder.

"Scheiße" murmelte er vor sich hin, "verdammte Scheiße".

Ein weiterer Griff in die Schreibtischschublade, ein Blick auf den Bildschirm vor ihm ohne etwas zu lesen. Gedanken. Wer ist an der ganzen Situation schuld? Frieda, wer sonst. SIE hat sich aufgeregt dass er immer zu Kundenterminen unterwegs war, SIE hat die Tochter ermutigt den Schritt nach Italien zu wagen, es war IHR ererbtes kleines Häuschen in das ihr Sohn zog um ohne Geldsorgen seine Karriere als Jurist in Fahrt zu bringen. Was blieb für ihn? Eine Frieda die ihn nur noch nervte.

Die Türe öffnete sich und Hertha trat ein. Sein ehemaliges Verhältnis, seine Chefin, die immer-noch-Geliebte des Chefs. "So geht das nicht Georg" eröffnete sie das Gespräch. "Die letzte Präsentation musst du überarbeiten, so kann ich nicht ins Monatsmeeting gehen" Sie knallte ihm den Packen Papier auf den Tisch und rauschte wieder ab. Der Duft ihres Parfums, welches er einst so geliebt hatte und das er mittlerweile hasste, blieb im Raum zuück.

"Scheiße!" brüllte er, wischte den Stapel bunt bedruckter Blätter vom Schreibtisch und sprang auf. Er eilte aus dem Büro, knallte die Türe zu und rannte durch das Treppenhaus nach unten. Raus, nur raus aus dieser Hölle und rein in die nächste Kneipe. "Ein Bier und einen Doppelten" brüllte er der Bedienung entgegen noch ehe er an der Theke saß. Den Doppelten kippte er gleich mal in den Rachen, das Bier war nach zwei kräftigen Schlucken ebenfalls leer. "Das ganze nochmal" lautete die klare Aufforderung an die junge Frau hinter der Theke. Das Gewünschte wurde vor ihm hingestellt und der klare Schnaps verschwand sofort wieder im Schlund des immer noch erregten Georg Volltner. Nach einem Schluck Bier und einer hastig angezündeten Zigarette ließ das Zittern seiner Hände nach und er betrachtete die Bedienung näher. Jung, schlank, hübsch- ganz so wie Frieda mal gewesen war. Frieda. War sie nicht schuld an seiner jetzigen Lage? Natürlich war sie es. Musste sie ihm über den Weg laufen, kurz nachdem er endlich sein Abitur und die erfolgreiche Aufnahmeprüfung für den öffentlichen Dienst in der Tasche hatte? So schön, so gemütlich hätte das Leben als Beamter im Finanzamt sein können! Aber nein, nach einigen Jahren mit solidem Gehalt und wenig Arbeit, ein Jahr nach der Hochzeit musste sie ja schwanger werden. Das erste Kind, ein Wunschkind zwar aber doch ein Wendepunkt in seinem Leben. Eine größere Wohnung musste her, natürlich half sein Schwiegervater bei der Finanzierung und hatte auch eine wunderbare Idee: Einer seiner Freunde ging in Pension und die Firma suchte einen

Nachfolger. Verkauf von Büroware im Außendienst. Georg sagte zu und die Tretmühle begann. Die Einarbeitungszeit war kurz, Georg war erfolgreich, beliebt bei den Kunden und verdiente gut. Das zweite Kind, der Erfolg blieb, der Standardurlaub in Italien war geboren, Frieda musste nur noch halbtags arbeiten, alles war gut. Die Jahre vergingen, die Kinder wurden älter und gingen eigene Wege. Frieda zog sich immer mehr zurück, von ihm, von den Kindern, zuletzt auch von der Arbeit in der Steuerberatungskanzlei. Vorzeitige Pensionierung wegen Burn Out. Georg Volltner musste laut auflachen. Burn Out. Bei jemandem der 25 Stunden die Woche arbeitete und die restliche Zeit vor dem Fernseher verbrachte eine seltsame Diagnose.

Er trank sein Bier aus und bestellte ein neues. Wieder betrachtete er die Bedienung. Wäre sie ihm damals über den Weg gelaufen, sein Leben wäre bestimmt anders verlaufen. "Heute noch was vor Süße?" sagte er zu ihr, halb weil er es wollte, halb weil es einfach so aus ihm herauskam. Ihr erschrockener Blick amüsierte ihn. Der Alkohol machte ihn dreister. "Noch Jungfrau? Keine Sorge, Papi zeigt dir wie's geht:"

Der Faustschlag traf ihn unvorbereitet und genau aufs Ohr, was zur Folge hatte dass er vom Barhocker stürzte und erst mal liegen blieb. Als er hochblickte stand der Schläger mit gespreizten Beinen vor ihm und sagte nur ein Wort: "Raus!" Georg Volltner rappelte sich hoch und versuchte den Ausgang anzusteuern, doch der Schläger hielt ihn am Kragen seines Sakkos zurück. "Zahlen" sagte er und Georg zog seine Brieftasche aus der Hose. Flink ergriff der Schläger sie, schaute hinein und entnahm ihr einen Fünfziger den er vor der noch geschockten Bedienung auf die Theke legte. "Stimmt so" sagte er, reichte Georg seine Brieftasche und drehte sich weg.

Raus in die Hitze. Georg Volltner schwankte leicht, Ohr und Schläfe schmerzten. Zurück ins Büro? "Nein" dachte er und ging zu einem Taxistand. Er stieg in den ersten wartenden Wagen und nannte seine Adresse. Der Fahrer fuhr los. "Frieda" dachte Georg Volltner, "Frieda ist schuld, sie hat mein scheiß Leben zerstört"

Das Taxi hielt, Georg zahlte und ging ins Haus. In die Wohnung. Zu Frieda.

Die saß wie immer vor dem Fernseher und murmelte ein kurzes "Hallo" ohne den Kopf zu wenden. Den Kopf über der Rückenlehne. Georg Volltner ging ins Schlafzimmer und öffnete den Kleiderschrank. Am Boden war der kleine Safe verschraubt in dem er seine Pistole aufbewahrte. Geladen.

Er ging in den Flur, zur Wohnzimmertüre. Der Kopf. Über der Rückenlehne. Langsam zog er den Abzug durch. "Frieda hat mein Leben zerstört" dachte er.

Ein lauter Knall und das Projektil verließ den Lauf und durchschlug den Schädel.

Ein Großteil des Gehirns von Georg Volltner klebte an der blutverschmierten Wand.

Frieda sah fern.

DER SPAZIERGANG DES
ALTEN MANNES

Der alte Mann saß in der Küche seines Hauses und trank langsam und genussvoll, so wie an jedem Morgen, seinen Kaffee. Er nahm das Brotmesser zur Hand, wischte es am Tischtuch ab und legte es wieder hin. Schmutzige Messer störten ihn ungemein. Nachdem er seinen Kaffee ausgetrunken hatte, stellte er die Tasse in die Spüle, sah sich nochmals in der Küche um und brach zu seinem allmorgendlichen Spaziergang auf. Im Nebenzimmer, dem Wohnzimmer, summte eine Fliege.

Er trat aus dem Haus auf die Straße und überlegte kurz welche Richtung er heute einschlagen sollte. Nachdem die Entscheidung gefallen war ging er zügig, aber nicht zu schnell, in Richtung Dorfmitte. Murmelnd grüßte er eine Nachbarin die soeben den Müll vors Haus trug, zog aber den Kopf sofort wieder ein und konzentrierte sich auf seine Schritte. Das Gehen fiel ihm trotz fortgeschrittenen Alters noch leicht, lediglich auf unebenem Untergrund musste er vorsichtig sein, das Gleichgewichtsgefühl ließ immer mehr nach. Sein Weg führte vorbei an der kleinen Grundschule, hier hatte er sie kennengelernt, seine Martha. Sie war mit Ihren Eltern hierher gezogen und trat in die dritte Klasse ein. Schnell schlossen die beiden Freundschaft und waren bald unzertrennlich.

Als der alte Mann an der Kirche vorbei kam schweiften seine Gedanken wieder zu Martha ab. Hier hatten sie geheiratet, vor vielen Jahren, sie strahlend, er stolz, die Eltern gerührt. In dieser Kirche wurden auch ihre Kinder getauft, die Kinder die jetzt selbst schon wiederum Kinder hatten und der besseren Chancen am Arbeitsmarkt wegen weggezogen waren.

Einsam waren Martha und er, aber sie liebten sich und das Leben am Land. Er verdiente als Briefträger genug um sorglos zu leben und den Kindern eine gute Ausbildung zu ermöglichen. Martha verdiente als Erntehelferin bei den Bauern im Dorf noch etwas dazu, so hatten sie ein gutes Auskommen.

Tief in seine Gedanken an früher versunken lief er beinahe in die seit Jahren schief stehende Laterne beim Friedhofstor. „Ja, hier werden auch wir unsere letzte Ruhe finden" sagte er leise vor sich hin.

Seine Schritte führten ihn langsam, aber stetig, an den Rand des Dorfes. Er nahm auf einer Bank Platz und sah über die Felder und Wiesen, bis hin an den Horizont an dem sich die Silhouette der nahen Berge abzeichnete. Seufzend dachte er „Ach wäre Martha nur jetzt auch hier".

Er genoss noch ein wenig den friedvollen Anblick der vor ihm liegenden Landschaft, dann erhob er sich und ging entspannt nach Hause zurück. In der Küche lag noch der Geruch des Kaffees, vermischt mit einem neuen, weniger angenehmen Duft. Im Nebenzimmer summte es lauter, es mussten mehr Fliegen geworden sein die sich rund um die klaffende Wunde an Marthas Hals versammelt hatten. Der alte Mann legte das Brotmesser in die Bestecklade, setzte sich an den Küchentisch und starrte mit leeren Augen ins Nichts.

DER MANN DER VON SICH SELBST GETÖTET WURDE

Peter Müller, erfolgreicher Anwalt und liebender Ehemann erwachte und verließ vorsichtig, ohne seine Frau zu wecken, das Schlafzimmer. Im Badezimmer spritzte er sich um richtig wach zu werden kaltes Wasser ins Gesicht. Endlich konnte er die Augen öffnen und sein unausgeschlafenes Spiegelbild betrachten. Er zuckte zusammen. Statt einem sah er zwei Gesichter im Spiegel. Seines und- seines. Die selben Gesichtszüge, die selben wirren Haare, die selben müden Augen. Wie ein Zwilling.

„Guten Morgen!" sagte das fremde und doch gut bekannte Gesicht. „Gut geschlafen?" Peter schloss die Augen, schüttelte den Kopf und wusch sich mit eiskaltem Wasser das Gesicht. Dann schaute er wieder auf und bemerkte zu seiner Beruhigung dass ihm nur noch ein Gesicht aus dem Spiegel entgegenblickte. Er atmete tief durch und fuhr mit seiner Morgenroutine fort.

Beim Frühstück mit seiner Frau war er unruhig, blickte sich dauernd um sich und erwartete stets dieses, sein Gesicht wieder zu sehen. „Alles in Ordnung mit dir?" fragte Silke. Peter gab keine Antwort, stürzte den letzten Rest Kaffee hinunter und verließ wort- und grußlos die Wohnung. Vor dem Haus stieg er in seinen Wagen, startete und machte sich auf den Weg ins Büro. Schon bei der nächsten Ampel wurde ihm kalt und heiß zugleich. Während er bei Rot warten musste spazierte er, also ER, im selben grauen Anzug über den Schutzweg und winkte ihm freundlich zu. Er konnte erst weiterfahren als hinter ihm bereits ungeduldig gehupt wurde. Zitternd und schwitzend erreichte er nach einer nervenzermürbenden Fahrt sein Büro. Im Aufzug von der Tiefgarage ins Büro kontrollierte er sich noch mal im Spiegel, erleichtert dass er alleine zurückblickte.

Nach dem üblichen Kurzbriefing mit seiner Sekretärin zog er sich in sein Büro zurück und sank in seinen Schreibtischsessel. Er stützte den Kopf in seine Hände und atmete tief durch. Verwirrt ließ er die Geschehnisse des Morgens Revue passieren. „Ich werde verrückt" dachte er. „Nein, wahrscheinlich bin ich nur überarbeitet" war sein nächster Gedanke.

„Schlechten Tag heute?" hörte er sich sagen. Sich? Nein, IHN! Peter blickte auf und erstarrte zum dritten Mal an diesem Morgen. Ihm gegenüber, in dem Sessel in dem üblicherweise seine Klienten Platz nehmen, saß ER. Also er selbst. Im selben Anzug, mit der selben Krawatte über dem selben weißen Hemd.

„Verschwinde!" brüllte er schlug mit beiden Händen auf den Tisch. Er schwang sich aus dem Sessel der ob dieser hektischen Bewegung nach hinten stürzte und brüllte nochmals „Verschwinde!" Das Eintreten seiner Sekretärin bemerkte er erst als diese ihn mit großen Augen ansah und fragte „Alles in Ordnung Chef?" Entgeistert blickte er sie aus roten Augen an. „Ja, alles in Ordnung, ich habe mich nur gerade ärgern müssen"

Wenig überzeugt zog sich die Sekretärin wieder zurück. Peter sah sich in dem leeren Büro um. „Ich werde verrückt" sagte er halblaut zu sich selbst. „Ich werde verrückt". „Wirst du nicht" sagte ER „Du bist es schon" Peter fuhr herum, konnte aber niemanden sehen. Plötzlich bemerkte er, dass sich die Verbindungstüre zum Nebenzimmer, in dem üblicherweise sein Kollege saß, langsam öffnete. SEIN Gesicht erschien, ein beunruhigendes Grinsen wechselte mit einem ernsten Blick. „Warum schwitzt du so, Peter?" fragte ER ihn. Peter konnte nicht mehr. Er rannte los. Raus aus seinem Büro, ins Treppenhaus, die Stiegen hinunter, raus auf die Straße. Draußen, vor der sich hinter ihm schließenden Tür, atmete er tief durch, blickte zum Himmel. Langsam senkte er den Blick, nur um auf der anderen Straßenseite IHN wieder zu sehen, der ihm fröhlich zuwinkte.

Peters Herzschlag stockte für einen Moment, kaum hatte er sich gefangen rannte er los. Immer die Straße lang, weg, nur weg. Sein Verfolger auf der anderen Straßenseite blieb stets auf gleicher

Höhe, ihn immer im Auge behaltend. Peter schubste Passanten zur Seite, wich Mülleimern und Laternenmasten aus, rannte so schnell er konnte. Es half nicht. ER blieb stets auf gleicher Höhe, blickte zu Peter hinüber, lächelte. Da, die U-Bahn.

Peter stürzte die Treppe hinunter zu den Bahnsteigen und sprang in einen soeben einfahrenden Zug, nicht darauf achtend wohin, in welche Richtung es ging. Die Türen schlossen sich hinter ihm und er ließ sich auf einen Sitz fallen, atmete durch und blickte sich vorsichtig um. Kein Verfolger in Sicht.

Plötzlich, eine Stimme aus den Lautsprechern: „Hallo Peter! Wollen wir unseren kleinen Dauerlauf nicht fortsetzen?" Peter sprang auf, hielt sich die Ohren zu und stieß einen Schrei aus, der die anderen Fahrgäste zusammenzucken und ihn entgeistert mustern ließ. Raus, nur raus. Raus aus dem Waggon, quer über den Bahnsteig, hin zu den Rolltreppen. Er hastete hinauf, nicht auf die anderen Fahrgäste achtend die ihm Schimpfworte hinterher riefen. Raus auf die Straße, ins Sonnenlicht. Kurz schloss Peter die geblendeten

Augen, öffnete sie wieder langsam und glaubte einen Moment in einen Spiegel zu blicken. Die Erkenntnis kam als sein Spiegelbild ihn anlächelte und ein beinahe kindlich klingendes „Kuckuck!" ausrief.

Die Schockstarre löste sich schnell und Peter rannte wieder los. Ohne sich umzudrehen sprintete er voran, sah eine breite Einfahrt, rannte hinein. Ein Parkhaus. Dort wo für gewöhnlich Autos hochfahren rannte Peter Stockwerk um Stockwerk hoch, stets darauf achtend ob er hinter sich Schritte hört. Ebene 8. Endstation. Nur wenige Autos standen hier, am letzten Parkdeck direkt unter dem Himmel. Wohin nun. Er drehte sich vorsichtig um sich. Alleine. Langsam ging er weiter, einen Weg nach unten suchend. Wo war nur die verdammte Ausfahrt?

„Na, verlaufen?" Peter fuhr herum. Da stand ER. Peter wich zurück. ER kam auf ihn zu. Wieder wich Peter zurück. „Und? Wohin jetzt?" fragte ER.

„Verschwinde! Weg! Weg von mir!" brüllte Peter, der schon die Kante der niedrigen Brüstung in seinem Rücken spürte.

„NEIN!" brüllte ER. „DU verschwindest!" Peter wurde es schummrig vor den Augen. Er drehte sich um und stützte sich mit den Händen am nackten, von der Sonne aufgeheizten Beton ab. „Geh, Peter, geh. Du wirst nicht mehr gebraucht, niemand wird dich vermissen. SPRING!"

Peter kippte vornüber, acht Stockwerke in die Tiefe.

Silke nahm den Anruf der Polizei entgegen, hörte ruhig zu und beendete das Gespräch mit einem gehauchten „Danke", wie es sich für eine Witwe gehört. Sie erhob sich von der Couch, ging ins Schlafzimmer und öffnete ihren Kleiderschrank. Das kleine Säckchen mit dem unscheinbaren weißen Pulver verschwand in der Toilette. Silke nahm wieder auf der Couch Platz und dachte bei sich „Schön, dass sich das Pharmaziestudium doch noch ausgezahlt hat"

DANKE FÜRS LESEN

Anregungen und Kritik einfach an:

claudioscoreggia@gmx.net

CLAUDIO SCOREGGIA

Claudio Scoreggia ist das Pseudonym des 1965 in Korneuburg/NÖ geborenen Autors Klaus Reinagl.